ALCESTE

OU

LE TRIOMPHE D'ALCIDE,

TRAGEDIE

REPRÉSENTÉE, L'AN MDCLXXIV.

PAR L'ACADEMIE ROYALE DE MUSIQUE;

Remise au Theâtre le Mardy 30. Novembre 1728.

N'ayant point été représentée depuis 1716.

DE L'IMPRIMERIE

De JEAN-BAPTISTE-CHRISTOPHE BALLARD,

Seul Imprimeur du Roy, & de l'Academie Royale de Musique.

M. DCCXXVIII.

AVEC PRIVILEGE DU ROY.

LE PRIX EST DE XXX. SOLS.

CEs Paroles ayant été imprimées en l'Année 1682. *par exprés Commandement de Sa Majesté* ; On n'y a rien ajoûté que cette premiere feuille, pour comprendre les noms des Acteurs qui representent dans cette nouvelle Remise.

ACTEURS ET ACTRICES
de tous les Chœurs du Prologue & de la Tragedie.

CÔTE' DU ROY.		CÔTE' DE LA REINE.	
Mesdemoiselles	*Messieurs*	*Mesdemoiselles*	*Messieurs*
Souris-L.	Dun Pere.	Antier-C.	Le Myre-L.
Julie.	Bremond.	La Roche.	Morand.
Dun.	Flamand.	Tettelette.	S. Martin.
Souris-C.	Person.	Charlard.	Bertin.
Dutilli.	Deshais.	Petitpas.	Rebours.
De Kerkoffen.	Buseau.	Cartou.	Dautrep.
	Dubrieul.		Corail.
	Duplessis.		Duchesne.
	Combeau.		Houbeau.

PROLOGUE.

ACTEURS CHANTANTS;

LA NYMPHE de la Seine, Mlle. Hermanse.
LA GLOIRE, Mlle. Mignier.

Suite de la GLOIRE.

LA NYMPHE des Thuilleries, Mlle. Dun.
LA NYMPHE de la Marne, Mlle. Antier-C.

Nymphes & Divinitez des Eaux.

ACTEURS DANSANTS;

HABITANTS des Rives de la Seine;

Monsieur Maltair-C.
Messieurs P-Dumoulin, F-Dumoulin, Dangeville, Maltair-L;
Mesdemoiselles Duroché, Thybert, Lamartiniere, Binet.

FAUNES ET NYMPHES;

Mademoiselle Prevost;
Monsieur Savar, Mademoiselle Delisle;
Messieurs Tabary, Javillier, Dumay;
Mesdemoiselles Lemaire, Verdun, Duval, Petit.

TRAGEDIE.

ACTEURS CHANTANTS;

ALCIDE *ou* HERCULE,	Mr. Thevenard.
LYCAS, Confident d'ALCIDE,	Mr. Dumas.
STRATON, Confident de LICOMEDE,	Mr. Dun.
CEPHISE, Confidente d'ALCESTE,	Mlle. Pelissier.
LICOMEDE, Frere de THETIS, & Roy de l'Isle de Scyros,	Mr. Chassé.
PHERE'S, Pere d'ADMETE,	Mr. Cuvillier.
ADMETE, Roy de Thessalie,	Mr. Tribou.
CLEANTE, Ecuyer d'ADMETE,	Mr. Fontenay.
ALCESTE, Princesse d'Yolcos,	Mlle. Antier.
Pages & Suivants d'ALCESTE.	
Troupe de Divinitez de la Mer.	
THETIS,	Mlle. Julie.
EOLE, Roy des Vents,	Mr. Fontenay.
Troupe de Soldats de LICOMEDE.	
Troupe de Soldats THESSALIENS.	
APOLLON.	Mr. Dautrep.
Troupes d'Hommes & de Femmes, affligez.	
DIANE,	Mlle. Dutilly.
MERCURE,	
OMBRES. CARON,	Mr. Dun.
PLUTON,	Mr. Chassé.
PROSERPINE,	Mlle. Hermanse.
L'Ombre d'ALCESTE.	
Suivants de PLUTON.	
ALECTON,	Mr. Cuvillier.

ACTEURS DANSANTS.

PREMIER ACTE.

MATELOTS ET MATELOTTES;

Monſieur F-Dumoulin ;

Meſſieurs Savar , Tabary , Javillier , Dumay;

Mademoiſelle Camargo ;

Meſdemoiſelles Thybert , Duroché Duval , Petit.

DEUXIE'ME ACTE.

COMBATTANTS.

Troupe de Soldats de LICOMEDE;

Meſſieurs Maltair-C., Tabary , Dangeville, P-Dumoulin , Hamoche, Dumay.

Troupe de Soldats THESSALIENS.

Meſſieurs Laval , Savar , Pierret , F-Dumoulin, Maltair-L. , Javillier.

ACTEURS DANSANTS.

TROISIE'ME ACTE.

TROUPE D'HOMMES AFFLIGEZ.

Messieurs Dumay, Javillier, Savar, Tabary;

TROUPE DE FEMMES AFFLIGE'ES.

Mesdemoiselles Thybert, Duroché, Lamartiniere, Boisselet.

QUATRIE'ME ACTE.

DIVINITEZ INFERNALES;

Monsieur D-Dumoulin;

Messieurs Laval, Maltair-C.;

Messieurs Savar, Tabary, Dumoulin-L., Dumay, Dangeville, Maltair-L., Javillier, Hamoche.

ACTEURS DANSANTS.

CINQUIE'ME ACTE.

BERGERS ET BERGERES;

Monsieur Laval;

Messieurs Dumay, Javillier, Savar, Tabary;

Mademoiselle Sallé;

Mesdemoiselles Thybert, Duroché, Lamartiniere, Boisselet.

Opera représentez cette Année.

ROLAND, ORION, BELLEROPHON, HYPERMNESTRE, LA PRINCESSE D'ELIDE, LES AMOURS DE PROTE'E, TARSIS ET ZELIE, ALCESTE.

On vend toutes ces Pieces en Musique aux prix ordinaires, de 20. liv. In-folio, & de 12. liv. In-quarto, à la reserve de TARSIS, qu'on vend 13. livres 10. sols.

ALCESTE est In-folio & In-quarto.

Les Paroles de chaque Opera sont de XXX. *sols.*

F. Chauveau in. et fecit. c. p. R. 1674.

ALCÈSTE,

OU

LE TRIOMPHE D'ALCIDE,

TRAGEDIE.

REPRESENTÉE

PAR L'ACADEMIE ROYALE

DE MVSIQVE.

A PARIS,

Par CHRISTOPHE BALLARD, ſeul Imprimeur du Roy pour la Muſique, ruë S. Jean de Beauvais, au Mont-Parnaſſe.

Et ſe vend à la Porte de l'Academie Royale, ruë Saint Honoré.

M. DC. LXXXII.

Par exprés Commandement de Sa Majeſté.

L'ACADEMIE ROYALE DE MVSIQVE, AV ROY.

LORIEVX CONQVERANT
PROTECTEVR des Beaux Arts,
GRAND ROY, tournez ſur moy
vos Auguſtes Regards.
Vne affreuſe ſaiſon déſole aſſés la Terre,
Sans y meſler encor les horreurs de la Guerre;
Tandis qu'un froid cruel dépoüille les buiſſons,
Et des Oyſeaux tremblants eſtouffe les chanſons,
Eſcoutez les Concerts que mon ſoin vous prepare:

Des fidelles Amours je chante la plus rare,
Et des Vainqueurs fameux, j'ay fait choix entre tous,
Du plus grand que le monde ait connu juqu'à vous.

Aprés avoir couru de Victoire en Victoire
Prenez un doux relâche au comble de la Gloire;
L'Hyver a beau s'armer de glace & de frimas,
Lors qu'il vous plaist de vaincre il ne vous retient pas;
Et falût-il forcer mille Obstacles ensemble,
La Moisson des Lauriers se fait quand bon vous semble.

Pour servir de refuge à des Peuples ingrats,
En vain un puissant Fleuve étendoit ses deux bras;
Ses flots n'ont opposé qu'une foible Barriere
A la rapidité de vostre Ardeur guerriere.
Le Batave interdit aprés le Rhein dompté,
A dans son desespoir cherché sa seureté:
A voir par quels Exploits vous commenciez la guerre,
Il n'a point crû d'azile assés fort sur la Terre,
Et de Vostre Valeur le redoutable cours,
L'a contraint d'appeller la Mer à son secours.
Laissez-le revenir de ses frayeurs mortelles;
Laissez-vous preparer des Conquestes nouvelles,

Et donnéz le loisir pour soûtenir Vos Coups
D'armer des Ennemis qui soient dignes de vous.
Resistez quelque temps à vostre impatience,
Prenez part aux douceurs dont vous comblez la France,
Et malgré la chaleur de Vos Nobles Desirs,
Endurez le repos & souffrez les plaisirs.

ACTEVRS
DV PROLOGVE.

LA NYMPHE DE LA SEINE.
LA GLOIRE.
SVITE DE LA GLOIRE.
LA NYMPHE DES THUILLERIES.
TROVPPE de Naïades & d'Hamadriades.
LA NYMPHE DE LA MARNE.
TROVPPE de Divinitez de Fleuves.
LES PLAISIRS.

La Scene du Prologue est sur les bords de la Seine, dans les Iardins des Thuilleries.

ACTEVRS
DE LA TRAGEDIE.

CHOEUR DES THESSALIENS.
CALCIDE, ou HERCULE.
LYCHAS, *Confident d'Alcide.*
STRATON, *Confident de Licomede.*
CEPHISE, *Confidente d'Alceste.*
LICOMEDE, *Frere de Thetis, & Roy de l'Isle de Scyros.*
PHERES *Pere d'Admete.*
ADMETE, *Roy de Thessalie.*
CLEANTE, *Escuyer d'Admete.*
ALCESTE, *Princesse d'Iolcos.*
Pages, & Suivants.
TROVPE de *Divinitez de la Mer.*
TROVPE de *Matelots.*
THETIS, *Nereïde.*
QVATRE AQVILONS.
EOLE, *Roy des Vents.*
QVATRE ZEPHIRS.
TROVPE de *Soldats de Licomede.*
TROVPE de *Soldats Thessaliens.*
APOLLON.

LES ARTS.
TROVPE de Femmes affligées.
TROVPE d'Hommes desolez.
DIANE.
MERCURE.
CARON.
LES OMBRES.
PLUTON.
PROSERPINE.
L'OMBRE D'ALCESTE.
SVIVANS DE PLVTON, Chantans, Dançans & Volans.
ALECTON, *L'une des Furies.*
CHOEVR des Peuples de la Grece.
LES NEVF MVSES.
LES IEVX.
TROVPE de Bergers & de Bergeres.
TROVPE de Pastres.

LE RETOVR
DES PLAISIRS.
PROLOGUE.

LE Theatre repreſente le Palais & les Jardins des Thuilleries ; La Nymphe de la Seine paroiſt apuyée ſur une Urne au milieu d'une Allée dont les Arbres ſont ſeparez par les Fontaines.

LA NYMPHE DE LA SEINE.

LE HEROS *que j'attens ne reviendra-til pas?*
Serai-je toûjours languiſſante
Dans une ſi cruelle attente?
Le HEROS *que j'attens ne reviendra-til pas?*
On n'entend plus d'Oyſeau qui chante,
On ne voit plus de Fleurs qui naiſſent ſous nos pas.
Le HEROS *que j'attens ne reviendra-til pas?*
L'herbe naiſſante
Paroiſt mourante,
Tout languit avec moy dans ces lieux pleins d'appas?
Le HEROS *que j'attens ne reviendra-til pas?*

Serai-je toûjours languiſſante
Dans une ſi cruelle attente?
Le HEROS *que j'attens ne reviendra-til pas?*

Quel bruit de guerre m'épouvante?
Quelle Divinité va deſcendre icy bas?

La Gloire paroiſt au milieu d'un Palais brillant, qui deſcend au bruit d'une harmonie guerriere.

LA NYMPHE DE LA SEINE.

Helas! ſuperbe Gloire, helas!
Ne dois-tu point eſtre contente?
Le HEROS *que j'attens ne reviendra-t'il pas?*
Il ne te ſuit que trop dans l'horreur des Combas;
Laiſſe en paix un moment ſa Valeur triomphante.
Le HEROS *que j'attens ne reviendra-til pas?*
Serai-je toûjours languiſſante
Dans une ſi cruelle attente?
Le HEROS *que j'attens ne reviendra-til pas?*

LA GLOIRE.

POurquoy tant murmurer? Nymphe, ta plainte eſt vaine,
Tu ne peux voir ſans moy le HEROS *que tu ſers;*
Si ſon éloignement te couſte tant de peine,
Il recompenſe aſſés les douceurs que tu pers;
Voy ce qu'il fait pour toy quand la Gloire l'emmeine;
Voy comme ſa Valeur a ſoûmis à la Seine
Le Fleuve le plus fier qui ſoit dans l'Univers.

LA NYMPHE DE LA SEINE.

On ne voit plus icy paraistre
Que des Ornemens imparfaits;
Ah! rends-nous nostre AVGVSTE MAISTRE,
Tu nous rendras tous nos attraits.

LA GLOIRE.

Il revient, & tu dois m'en croire;
Ie luy sers de guide avec soin:
Puisque tu vois la Gloire
Ton HEROS *n'est pas loin.*
Il laisse respirer tout le Monde qui tremble;
Soyons icy d'accord pour combler ses desirs.

LA GLOIRE ET LA NYMPHE DE LA SEINE.

Qu'il est doux d'accorder ensemble
La Gloire & les Plaisirs.

LA NYMPHE DE LA SEINE.

Nayades, Dieux des Bois, Nymphes, que tout s'assemble,
Qu'on entende nos chants aprés tant de soûpirs.

La Nymphe des Thuilleries s'avance avec une Troupe de Nymphes qui dancent, les Arbres s'ouvrent, & font voir les Divinitez Champestres qui joüent de differents Instruments, & les Fontaines se changent en Nayades qui chantent.

LE CHOEVR.

QV'il est doux d'accorder ensemble
La Gloire & les Plaisirs.

LA NYMPHE DES THVILLERIES.

L'Art d'accord auec la Nature
Sert l'Amour dans ces lieux charmants:
Ces Eaux qui font resver par un si doux murmure,
Ces Tapis où les Fleurs forment tant d'ornements,
Ces Gazons, ces Lits de Verdure,
Tout n'est fait que pour les Amants.

La Nymphe de la Marne Compagne de la Seine, vient chanter au milieu d'une troupe de Divinitez de Fleuves qui témoignẽt leur joye par leur dance.

LA NYMPHE DE LA MARNE.

L'Onde se presse
D'aller sans cesse
Iusqu'au bout de son cours:
S'il faut qu'un Cœur suive une pante,
En est-il qui soit plus charmante
Que le doux penchant des Amours?

LA GLOIRE ET LA NYMPHE DE LA SEINE.

Que tout retentisse,
Que tout réponde à nos voix:

LA NYMPHE DES THVILLERIES.

Que tout fleurisse
Dans nos Iardins & dans nos Bois.

LA NYMPHE DE LA MARNE.

Que le Chant des Oyſeaux s'uniſſe
Avec le doux ſon des Hautbois.

Tous enſemble.

Que tout retentiſſe,
Que tout réponde à nos voix.
Que le Chant des Oyſeaux s'uniſſe
Avec le doux ſon des Hautbois.
Que tout retentiſſe
Que tout réponde à nos voix.

Les Divinitez de Fleuves & les Nymphes forment une dance generale tandis que tous les Inſtruments & toutes les Voix s'uniſſent.

Tous enſemble.

QVel Cœur ſauvage
Icy ne s'engage?
Quel Cœur ſauvage
Ne ſent point l'amour?
Nous allons voir les Plaiſirs de retour;
Ne manquons pas d'en faire un doux uſage:
Pour rire un peu, l'on n'eſt pas moins ſage.

Ah quel dommage
De fuir ce rivage!
Ah quel dommage
De perdre un beau jour!

Nous allons voir les Plaisirs de retour;
Ne manquons pas d'en faire un doux usage:
Pour rire un peu, l'on n'est pas moins sage.
Revenez Plaisirs exilez;
Volez, de toutes parts, volez.

Les Plaisirs volent, & viennent preparer des Divertissements.

Fin du Prologue.

ACTE PREMIER.

La Scene est dans la Ville d'Yolcos en Thessalie.

Le Theatre represente un Port de Mer, où l'on voit un grand Vaisseau orné & preparé pour une Feste galante au milieu de plusieurs Vaisseaux de Guerre.

SCENE PREMIERE.

LE CHOEUR DES THESSALIENS, ALCIDE, LYCHAS.

LE CHOEUR.

VIVEZ, vivez, heureux Espoux.

LYCHAS.

Vostre Amy le plus cher épouze la Princesse.
La plus charmante de la Grece,
Lors que chacun les suit, Seigneur, les fuyez-vous?

LE CHOEUR.

Vivez, vivez, heureux Espoux.

LYCHAS.

Vous paroissez troublé des cris qui retentissent?
Quand deux Amants heureux s'unissent
Le Chœur du grand Alcide en seroit-il jaloux?

LE CHOEUR.

Vivez, vivez, heureux Espoux.

LYCHAS.

Seigneur, vous soûpirez, & gardez le silence?

ALCIDE.

Ah Lycas, laisse-moy partir en diligence.

LYCHAS.

Quoy dés ce mesme jour presser vostre départ?

ALCIDE.

I'auray beau me presser je partiray trop tard.
Ce n'est point avec toy que je pretens me taire;
Alceste est trop aimable, elle a trop sçeu me plaire;
Vn autre en est aimé, rien ne flatte mes vœux,
C'en est fait, Admete l'espouze,
Et c'est dans ce moment qu'on les unit tous deux.
Ah qu'une ame jalouze
Esprouue un tourment rigoureux!
I'ay peine à l'exprimer moy-mesme:
Figure-toy, si tu le peux,
Quelle est l'horreur extresme
De voir ce que l'on aime
Au pouvoir d'un Rival heureux.

LYCHAS.

L'Amour est-il plus fort qu'un HEROS *indomptable?*
L'Univers n'a point eu de Monstre redoutable
Que vous n'ayez pû surmonter.

ALCIDE.

Eh crois-tu que l'Amour soit moins à redouter?
Le plus grand Cœur a sa foiblesse.
Je ne puis me sauver de l'ardeur qui me presse
Qu'en quittant ce fatal Séjour:
Contre d'aimables charmes
La valeur est sans armes,
Et ce n'est qu'en fuyant qu'on peut vaincre l'Amour.

LYCHAS.

Vous devez vous forcer, au moins, à voir la Feste
Qui déja dans ce Port vous paroist toute preste.
Vostre fuite à present feroit un trop grand bruit;
Differez jusques à la nuit.

ALCIDE.

Ah Lycas! quelle nuit! ah quelle nuit funeste!

LYCHAS.

Tout le reste du jour voyez encore Alceste.

ALCIDE.

La voir encore?... he bien differons mon départ,
Je te l'avois bien dit, je partiray trop tard
Je vais la voir aimer un Espoux qui l'adore,
Je verray dans leurs yeux un tendre empressement:

Que je vais payer cherement
Le plaisir de la voir encore!

SCENE II.

ALCIDE, STRATON, & LYCHAS, ensemble.

L'*Amour a bien des maux, mais le plus grand de tous,*
C'est le tourment d'estre jaloux.

SCENE III.

STRATON, LYCHAS.

STRATON.

L*Ychas, j'ay deux mots à te dire.*

LYCHAS.

Que veux-tu? parle; je t'entends.

STRATON.

Nous sommes amis de tout temps;
Céphise, tu le sçais, me tient sous son Empire,
Tu suis par tout ses pas: qu'est-ce que tu pretens?

LYCHAS.

Ie pretens rire.

STRATON.

Pourquoy veux tu troubler deux Cœurs qui sont contents?

LYCHAS

Ie pretens rire.
Tu peux à ton gré t'enflamer ;
Chacun a sa façon d'aimer ;
Qui voudra soupirer, soupire,
Ie pretens rire.

STRATON

I'aime, & je suis aimé : laisse en paix nos amours,

LYCHAS.

Rien ne doit t'allarmer s'il est bien vray qu'on t'aime ;
Un Rival rebutté donne un plaisir extresme.

STRATON

Un Rival tel qu'il soit importune toûjours.

LYCHAS

Ie voy ton amour sans colere,
Tu devrois en user ainsi :
Puisque Céphise t'a sçeu plaire,
Pourquoy ne vœux-tu pas qu'elle me plaise aussi ;

STRATON.

A quoy sert-il d'aimer ce qu'il faut que l'on quitte?

Tu ne peux demeurer long-temps dans cette Cour.

LYCHAS.

Moins on a de momens à donner à l'Amour.
Et plus il faut qu'on en profite.

STRATON.

I'aime depuis deux ans avec fidelité :
Ie puis croire ſans vanité,
Que tu ne dois pas eſtre un Rival qui m'alarme.

LYCHAS.

I'ay pour moy la nouveauté,
En amour c'eſt un grand charme.

STRATON.

Céphiſe m'a promis un cœur tendre, & conſtant.

LYCHAS.

Céphiſe m'en promet autant.

STRATON.

Ah ſi je le croyois!... Mais tu n'és pas croyable.

LYCHAS.

Croy-moy, fais ton profit d'un reſte d'amitié,
Sers-toy d'un avis charitable
Que je te donne par pitié.

STRATON.

Le meſpris d'une volage
Doit eſtre un aſſés grand mal,
Et c'eſt un nouvel outrage

Que la pitié d'un Rival.
Elle vient l'infidelle,
Pour chanter dans les Ieux dont je prens soins icy.

LYCHAS.

Ie te laisse avec elle,
Il ne tiendra qu'à toy d'estre mieux éclaircy.

SCENE IV.

CE'PHISE, STRATON.

CE'PHISE

DANS ce beau jour, qu'elle humeur sombre
Fais-tu voir a contre-temps?

STRATON.

C'est que je ne suis pas du nombre
Des Amants qui sont contents.

CE'PHISE.

Un ton grondeur & severe
N'est pas un grand agrément;
Le chagrin n'avance guerre
Les affaires d'un Amant.

STRATON.

Lychas vient de me faire entendre

Que je n'ay plus ton cœur, qu'il doit seul y pretendre,
Et que tu ne vois plus mon amour qu'à regret?

CE'PHISE.

Lychas est peu discret...

STRATON.

Ah je m'en doutois bien qu'il vouloit me surprendre.

CEPHISE.

Lychas est peu discret
D'avoir dit mon secret.

STRATON.

Comment! il est donc vray! tu n'en fais point d'excuse?
Tu me trahis ainsi sans en estre confuse?

CEPHISE.

Tu te plains sans raison;
Est-ce une trahison
Quand on te desabuse?

STRATON.

Que je suis estonné de voir ton changement!

CEPHISE.

Si je change d'Amant
Qu'y trouves-tu d'étrange?
Est-ce un sujet d'estonnement
De voir une Fille qui change?

STRATON.

Aprés deux ans passez dans un si doux lien,
Devois-tu jamais prendre une chaîne nouvelle?

CEPHISE.

Ne contes-tu pour rien
D'estre deux ans fidelle?

STRATON.

Par un espoir doux & trompeur
Pourquoy m'engageois-tu dans un amour si tendre?
Faloit-il me donner ton cœur
Puisque tu voulois le reprendre?

CEPHISE.

Quand je t'offrois mon cœur, c'estoit de bonne foy,
Que n'empesche-tu qu'on te l'oste?
Est-ce ma faute
Si Lychas me plaist plus que toy?

STRATON.

Ingrate, est-ce le prix de ma perseverance?

CEPHISE.

Essaye un peu de l'inconstance:
C'est toy qui le premier m'apris à m'engager,
Pour recompense
Je te veux apprendre à changer.

STRATON & CEPHISE.

Il faut { aimer / changer } toûjours.
Les plus douces amours
Sont les amours { fidelles, / nouvelles,
Il faut { aimer / changer } toûjours.

SCENE V.

LICOMEDE, STRATON, CEPHISE.

LYCOMEDE.

STraton, donne ordre qu'on s'apreste
Pour commencer la Feste.

Straton se retire, & Licomede parle à Céphise.

Enfin, grace au depit, je gouste la douceur
De sentir le repos de retour dans mon cœur.
J'estois à preferer au Roy de Thessalie;
Et si pour sa gloire on publie
Qu'Apollon autrefois luy servit de Pasteur,
Je suis Roy de Scyros, & Thétis est ma Sœur.
J'ay sceu me consoler d'un hymen qui m'outrage,
J'en ordonne les Jeux avec tranquillité.

Qu'ai-

Qu'aisément le dépit dégage
Des fers d'une ingrate Beauté !
Et qu'aprés un long esclavage,
Il est doux d'estre en liberté !

CEPHISE.

Il n'est pas seur toûjours de croire l'apparence :
Un Cœur bien pris, & bien touché,
N'est pas aisément détaché,
Ny si-tost guery que l'on pense ;
Et l'amour est souvent caché
Sous une feinte indifference.

LICOMEDE.

Quand on est sans esperance,
On est bien-tost sans amour.
Mon Rival a la preference,
Ce que j'aime est en sa puissance,
Je perds tout espoir en ce jour :
Quand on est sans esperance
On est bien tost sans amour.

Voicy l'heure qu'il faut que la Feste commence,
Chacun s'avance,
Preparons-nous.

SCENE VI.

LE CHOEVR, ADMETE, ALCESTE, PHERES, ALCIDE, LYCHAS, CEPHISE, & STRATON.

LE CHOEUR.

Vivez, vivez, heureux Espoux.

PHERES.

Ioüissez des douceurs du nœud qui vous assemble.

ADMETE & ALCESTE.

Quand l'Hymen & l'Amour sont bien d'accord ensemble
Que les nœuds qu'ils forment sont doux?

LE CHOEUR.

Vivez, vivez, heureux Espoux.

SCENE VII.

Des Nymphes de la Mer & des Tritons, viennent faire une Feste Marine, où se meslent des Matelots & des Pescheurs.

DEUX TRITONS.

Malgré tant d'orages,

Et tant de naufrages,
Chacun à ſon tour
S'embarque avec l'Amour.
Par tout où l'on meine
Les Cœurs amoureux,
On voit la Mer pleine
D'Eſcueils dangereux;
Mais ſans quelque peine
On n'eſt jamais heureux:
Vne ame conſtante
Aprés la tourmente
Eſpere un beau jour.
Malgré tant d'orages,
Et tant de naufrages,
Chacun à ſon tour
S'embarque avec l'Amour.

Vn Cœur qui differe
D'entrer en affaire
S'expoſe à manquer
Le temps de s'embarquer,
Vne ame commune
S'eſtonne d'abord,
Le ſoin l'importune,
Le calme l'endort,
Mais qu'elle fortune
Fait-on ſans quelque effort?
Eſt-il un commerce

Exempt de traverse?
Chacun doit risquer.
Vn Cœur qui differe
D'entrer en affaire,
S'expose à manquer
Le temps de s'embarquer.

Céphise vestuë en Nymphe de la Mer, chante au milieu des Divinitez Marines qui luy respondent.

Ieunes Cœurs laissez-vous prendre
Le peril est grand d'attendre,
Vous perdez d'heureux moments
En cherchant à vous deffendre;
Si l'Amour a des tourments
C'est la faute des Amants.

Vne Nymphe de la Mer chante avec Céphise.

Plus les Ames sont rebelles
Plus leurs peines sont cruelles,
Les plaisirs doux & charmants
Sont le prix des Cœurs fidelles:
Si l'Amour a des tourments
C'est la faute des Amants.

LICOMEDE A ALCESTE.

On vous apreste
Dans mon Vaisseau
Un divertissement nouveau.

LICOMEDE & STRATON.

Venez voir ce que nostre Feste
Doit avoir de plus beau.

Licomede conduit Alceste dans son Vaisseau, Straton y meine Céphise, & dans le temps qu'Admete & Alcide y veulent passer, le Pont s'enfonce dans la Mer.

ADMETE & ALCIDE.

Dieux! le Pont s'abisme dans l'eau.

Le Choeur des Thessaliens.

Ah quelle trahison funeste.

ALCESTE & CEPHISE.

Au secours, au secours.

ALCIDE.

Perfide ...

ADMETE.

Alceste ...

ALCIDE & ADMETE.

Laissons les vains discours.
Au secours, au secours.

Les Thessaliens courent s'embarquer pour suivre Licomede.

Le Choeur des Thessaliens.

Au secours, au secours.

SCENE VIII.

THETIS, ADMETE.

THETIS sortant de la Mer.

Espoux infortuné redoute ma colere,
Tu vas haster l'instant qui doit finir tes jours;
C'est Thetis que la Mer revere,
Que tu vois contre toy du party de son Frere.
Et c'est à la mort que tu cours.

ADMETE courant s'embarquer.

Au secours, au secours.

THETIS.

Puis qu'on méprise ma puissance
Que les vents deschainez
Que les flots mutinez
S'arment pour ma vengeance.

Thetis rentre dans la Mer, & les Aquilons excitent une tempeste qui agite les Vaisseaux qui s'efforcent de poursuivre Licomede.

SCENE IX.

EOLE, LES AQVILONS, LES ZEPHIRS.

EOLE.

LE Ciel protege les Heros:
Allez Admete, allez Alcide;
Le Dieu qui sur les Dieux preside
M'ordonne de calmer les flots:
Allez, poursuivez un perfide.

Retirez-vous
Vents en courroux,
Rentrez dans vos prisons profondes:
Et laissez regner sur les ondes
Les Zephirs les plus doux.

L'orage cesse, les Zephirs volent & font fuir les Aquilons qui tombent dans la Mer avec les nuages qu'ils en avoient élevez, & les Vaisseaux d'Alcide & d'Admete poursuivent Licomede.

Fin du premier Acte.

ACTE SECOND.

La Scene est dans la Ville de Scyros, & le Theatre represente la Ville principale de l'Isle.

SCENE PREMIERE.

CEPHISE, STRATON.

CEPHISE.

LCESTE ne vient point, & nous devons attendre.

STRATON.

Que peut-elle pretendre?
Pourquoy se tourmenter icy mal à propos?
Ses cris ont beau se faire entendre,
Peut-estre son Espoux a pery dans les flots,
Et nous sommes enfin dans l'Isle de Scyros.

CEPHISE.

Tu ne te plaindras point que j'en use de mesme:
Ie t'ay donné peu d'embarras

Tu vois

Tu vois comme je suis tes pas.

STRATON.

Tu sçais dissimuler une colere extresme.

CEPHISE.

Et si je te disois que c'est toy seul que j'aime?

STRATON.

Tu le dirois en vain, je ne te croirois pas.

CEPHISE.

Croy moy, si j'ay feint de changer
C'estoit pour te mieux engager.

Un Rival n'est pas inutile,
Il réveille l'ardeur & les soins d'un Amant;
Une conqueste facile
Donne peu d'empressement,
Et l'Amour tranquile
S'endort aisément.

STRATON.

Non, non, ne tente point une seconde ruse,
Je voy plus clair que tu ne crois.
On excuse d'abord un Amant qu'on abuse;
Mais la sotise est sans excuse
De se laisser tromper deux fois.

CEPHISE.

N'est-il aucun moyen d'apaiser ta colere?

STRATON.

Consens à m'épouser, & sans retardement.

CEPHISE.

Une si grande affaire
Ne se fait pas si promptement
Un Hymen qu'on differe
N'en est que plus charmant.

STRATON.

Un Hymen qui peut plaire
Ne couste guére,
Et c'est un nœud bien-tost formé;
Rien n'est plus aisé que de faire
Un Espoux d'un Amant aimé.

CEPHISE.

Je t'aime d'une amour sincere;
Et s'il est necessaire,
Je m'offre à t'en faire un serment.

STRATON.

Amusement, amusement.

CEPHISE.

L'injuste enlevement d'Alceste
Attire dans ces lieux une guerre funeste,
Les plus braves des Grecs s'arment pour son secours:
Au milieu des cris & des larmes,
L'Hymen a peu de charmes;
Attendons de tranquiles jours.

Le bruit affreux des armes
Effarouche bien les Amours.

STRATON.

Discours, discours, discours.
Tu n'as qu'à m'épouser pour m'oster tout ombrage?
Pourquoy differer davantage?
A quoy servent tant de façons?

CEPHISE.

Rends-moy la liberté pour m'épouser sans crainte;
Vn Hymen fait avec contrainte
Est un mauvais moyen de finir tes soupçons.

STRATON.

Chansons, chansons, chansons.

SCENE II.

LICOMEDE, ALCESTE, STRATON, CEPHISE, Soldats de Licomede.

LICOMEDE.

ALlons, allons, la plainte est vaine.

ALCESTE.

Ah quelle rigueur inhumaine!

LICOMEDE.

Allons, je suis sourd à vos cris,

ALCESTE.

Je me vange de vos mépris.

ALCESTE.

Quoy vous serez inexorable?

LICOMEDE.

Cruelle, vous m'avez appris
A devenir impitoyable.

ALCESTE.

Est-ce ainsi que l'Amour a sceu vous émouvoir?
Est-ce ainsi que pour moy vostre ame est attendrie?

LICOMEDE.

L'Amour se change en Furie
Quand il est au desespoir,
Puisque je perds toute esperance,
Je veux desesperer mon Rival à son tour;
Et les douceurs de la Vengeance
Ont dequoy consoler les rigueurs de l'Amour.

ALCESTE.

Voyez la douleur qui m'accable.

LICOMEDE.

Vous avez sans pitié regardé ma douleur,
Vous m'avez rendu miserable,
Vous partagerez mon mal-heur.

ALCESTE.

Admete avoit mon cœur dés ma plus tendre enfance;
Nous ne connoissions pas l'Amour ny sa puissance.

Lors que d'un nœud fatal il vint nous enchaîner :
Ce n'est pas une grande offence
Que le refus d'un cœur qui n'est plus à donner.

LICOMEDE.

Est-ce aux Amants qu'on desespere
A devoir rien examiner ?
Non, je ne puis vous pardonner
D'avoir trop sçeu me plaire.
Que ne m'ont point cousté vos funestes attraits !
Ils ont mis dans mon cœur une cruelle flame,
Ils ont arraché de mon ame
L'innocence & la paix.
Non, Ingrate, non, Inhumaine,
Non, quelle que soit vostre peine,
Non, je ne vous rendray jamais
Tous les maux que vous m'avez faits.

STRATON.

Voicy l'Ennemy qui s'avance
En diligence.

LICOMEDE.

Preparons-nous
A nous défendre.

ALCESTE.

Ah cruel, que n'épargnez-vous
Le sang qu'on va répandre !

LICOMEDE & ſes Soldats.

Periſſons tous
Plûtoſt que de nous rendre.

Licomede contraint Alceſte d'entrer dans la Ville, Céphiſe la ſuit, & les Soldats de Licomede ferment la Porte de la Ville auſſi-toſt qu'ils y ſont entrez.

SCENE III.

ADMETE, ALCIDE, LYCHAS, Soldats aſſiegeans.

ADMETE & ALCIDE.

Marchez, marchez, marchez.
Aprochez, Amis, aprochez,
Marchez, marchez, marchez.
Haſtons-nous de punir des Traiſtres,
Rendons-nous Maiſtres
Des Murs qui les tiennent cachez:
Marchez, marchez, marchez.

SCENE IV.

LICOMEDE, STRATON,
Soldats assiegez,
ADMETE, ALCIDE, LYCHAS,
Soldats assiegeans.

LICOMEDE sur les Remparts.

Ne pretendez pas nous surprendre,
Venez, nous allons vous attendre:
Nous ferons tous nostre devoir
Pour vous bien recevoir.

STRATON, & les Soldats assiegez.

Nous ferons tous nostre devoir
Pour vous bien recevoir.

ADMETE.

Perfide, évite un sort funeste,
On te pardonne tout si tu veux rendre Alceste.

LICOMEDE.

J'aime mieux mourir, s'il le faut,
Que de ceder jamais cét Objet plein de charmes.

ADMETE & ALCIDE.

A l'assaut, à l'assaut.

LICOMEDE & STRATON.

Aux armes, aux armes.

LES ASSIEGEANS.

A l'assaut, à l'assaut.

LES ASSIEGEZ.

Aux armes, aux armes.

ADMETE, ALCIDE, & LICOMEDE.

A moy, Compagnons, à moy.

ADMETE & LICOMEDE.

A moy, suivez vostre Roy.

ALCIDE.

C'est Alcide
Qui vous guide.

ADMETE, ALCIDE, & LICOMEDE.

A moy, Compagnons, à moy.

On fait avancer des Beliers & autres Machines de guerre pour battre la Place.

TOUS ENSEMBLE.

Donnons, donnons de toutes parts.

LES ASSIEGEANS.

Que chacun à l'envy combatte.
Que l'on abbatte
Les Tours, & les Remparts.

TOUS ENSEMBLE.

Donnons, donnons de toutes parts.

LES ASSIEGEZ.

Que les ennemis pesle mesle,
Trébuchent sous l'affreuse gresle
De nos fléches, & de nos dards.

TOUS.

Donnons, donnons de toutes parts.
Courage, courage, courage;
Ils sont à nous, ils sont à nous.

ALCIDE.

C'est trop disputer l'avantage,
Je vais vous ouvrir un passage,
Suivez-moy tous, suivez-moy tous?

TOUS ENSEMBLE.

Courage, courage, courage,
Ils sont à nous, ils sont à nous.

Les Assiegez voyant leurs Remparts à demy abattus, & la Porte de la Ville enfoncée, font un dernier effort dans une sortie pour repousser les Assiegeans.

LES ASSIEGEANS

Achevons d'emporter la Place;
L'ennemy commence à plier.
Main basse, main basse, main basse.

LES ASSIEGEZ rendans les Armes.

Quartier, quartier, quartier.

LES ASSIEGEANS.

La Ville est prise.

LES ASSIEGEZ.

Quartier, quartier, quartier.

LYCHAS terrassant STRATON.

Il faut rendre Céphise.

STRATON.

Je suis ton prisonnier,
Quartier, quartier, quartier.

SCENE V.

PHERES armé, & marchant avec peine.

COurage Enfants, je suis à vous ;
Mon bras va seconder vos coups :
Mais c'en est déja fait, & l'on a pris la Ville ;
La foiblesse de l'âge a retardé mes pas :
La valeur devient inutile
Quand la force n'y respond pas.
Que la Vieillesse est lente.
Les efforts qu'elle tente
Sont toûjours impuissans :
C'est une charge bien pesante
Qu'un fardeau de quatre-vingts-ans.

SCENE VI.

ALCIDE, ALCESTE, CEPHISE, PHERES, LYCHAS, STRATON enchaisné.

ALCIDE à PHERES.

Rendez à vostre Fils cette aimable Princesse.

PHERES.

Ce don de vostre main seroit encore plus doux.

ALCIDE.

Allez, allez la rendre a son heureux Espoux.

ALCESTE.

Tout est soûmis, la guerre cesse ;
Seigneur, pourquoy me laissez-vous ?
Quel nouveau soin vous presse ?

ALCIDE.

Vous n'avez rien a redouter,
Je vais chercher ailleurs des Tyrans à dompter.

ALCESTE.

Les nœuds d'une amitié pressante
Ne retiendront-ils point vostre ame impatiante?
Et la Gloire toûjours vous doit-elle emporter?

ALCIDE.

Gardez-vous bien de m'arrester.

ALCESTE.

C'est vostre valeur triomphante
Qui fait le sort charmant que nous allons goûter;
Quelque douceur que l'on ressente,
Vn amy tel que vous l'augmente,
Voulez-vous si-tost nous quitter?

ALCIDE.

Gardez-vous bien de m'arrester.
Laissez, laissez moy fuïr un charme qui m'enchante:
Non, toute ma vertu n'est pas assez puissante
Pour répondre d'y resister.
Non, encore une fois Princesse trop charmante,
Gardez-vous bien de m'arrester.

SCENE VII.

ALCESTE, PHERES, CEPHISE.

A TROIS

CHerchons Admete promptement.

ALCESTE.

Peut-on chercher ce qu'on aime
Avec trop d'empressement!
Quand l'amour est extréme,
Le moindre esloignement
Est un cruel tourment.

ALCESTE, PHERES, & CEPHISE.

Cherchons Admete promptement.

SCENE VIII.

ADMETE blessé, CLEANTE, ALCESTE, PHERES, CEPHISE, Soldats.

ALCESTE.

O *Dieux! quel spectacle funeste?*

CLEANTE

Le chef des Ennemis mourant, & terrassé,
De sa rage expirante a ramassé le reste,
Le Roy vient d'en estre blessé.

ADMETE.

Ie meurs, charmante Alceste,
Mon sort est assez doux
Puis que je meurs pour vous.

ALCESTE.

C'est pour vous voir mourir que le Ciel me délivre!

ADMETE.

Avec le nom de vostre Espoux
I'eusse esté trop heureux de vivre;
Mon sort est assez doux

Puis que je meurs pour vous.

ALCESTE.

Est-ce là cét Hymen si doux, si plein d'appas,
Qui nous promettoit tant de charmes?
Faloit-il que si-tost l'aveugle sort des armes
Tranchast des nœuds si beaux par un affreux trépas?
Est-ce la cét Hymen si doux, si plein d'appas!
Qui nous promettoit tant de charmes?

ADMETE.

Belle Alceste ne pleurez pas,
Tout mon sang ne vaut point vos larmes.

ALCESTE.

Est-ce là cét Hymen si doux, si plein d'appas,
Qui nous promettoit tant de charmes?

ADMETE.

Alceste, vous pleurez

ALCESTE.

Admete, vous mourez.

ADMETE & ALCESTE ensemble.

Alceste, vous pleurez?
Admete, vous mourez.

ALCESTE.

Se peut-il que le Ciel permette,
Que les Cœurs d'Alceste & d'Admete
Soient ainsi separez?

ADMETE & ALCESTE.

Alceste, vous pleurez,
Admete, vous mourez;

SCENE IX.

APOLLON, LES ARTS, ADMETE, ALCESTE, PHERES, CEPHISE, CLEANTE, Soldats.

APOLLON environné des Arts.

LA Lumiere aujourd'huy te doit estre ravie;
Il n'est qu'un seul moyen de prolonger ton sort!
Le destin me promet de te rendre la vie,
Si quelque' Autre pour toy veut s'offrir à la mort.
Reconnoist si quelqu'un t'aime parfaitement!
Sa mort aura pour prix une immortelle gloire:
Pour en conserver la memoire
Les Arts vont élever un pompeux Monument.

Les Arts qui sont autour d'Apollon se separent sur des Nuages differents, & tous descendent pour élever un Monument superbe, tandis qu'Apollon s'envole.

Fin du second Acte.

ACTE TROISIE'ME.

Le Theatre eſt un grand Monument élevé par les Arts. Un Autel vuide paroiſt au milieu pour ſervir à porter l'Image de la perſonne qui s'immolera pour Admete.

SCENE PREMIERE.

ALCESTE, PHERES, CEPHISE.

ALCESTE.

Ah pourquoy nous ſeparez-vous?
Eh du moins attendez que la Mort nous ſepare ;
Cruels, qu'elle pitié barbare
Vous preſſe d'arracher Alceſte à ſon Eſpoux?
Ah pourquoy nous ſeparez-vous?

PHERES, & CEPHISE.

Plus voſtre Eſpoux mourant voit d'amour, & d'appas,
Et plus le jour qu'il perd luy doit faire d'envie:

Ce

Ce ſont les douceurs de la vie
Qui font les horreurs du trépas.

ALCESTE.

Les Arts n'ont point encore achevé leur ouvrage;
Cét Autel doit porter la glorieuſe Image
De qui ſignalera ſa foy
En mourant pour ſauver ſon Roy.

Le prix d'une gloire immortelle
Ne peut-il toucher un grand Cœur?
Faut-il que la Mort la plus belle
Ne laiſſe pas de faire peur?
A quoy ſert la foule importune
Dont les Roys ſont embaraſſez?
Vn coup fatal de la Fortune
Eſcarte les plus empreſſez.

ALCESTE, PHERES, & CEPHISE.

De tant d'Amis qu'avoit Admete
Aucun ne vient le ſecourir;
Quelque honneur qu'on promette
On le laiſſe mourir.

PHERES.

J'aime mon Fils, je l'ay fait Roy;
Pour prolonger ſon ſort je mourrois ſans effroy,
Si je pouvois offrir des jours dignes d'envie;
Je n'ay plus qu'un reſte de vie
Ce n'eſt rien pour Admete, & c'eſt beaucoup pour moy.

CEPHISE.

Les Honneurs les plus éclatans
En vain dans le Tombeau promettent de nous suivre,
La Mort est affreuse en tout temps:
Mais peut-on renoncer à vivre
Quand on n'a vescu que quinze ans?

ALCESTE.

Chacun est satisfait des excuses qu'il donne:
Cependant on ne voit personne
Qui pour sauver Admette ose perdre le jour;
Le Devoir, l'Amitié, le Sang tout l'abandonne,
Il n'a plus d'espoir qu'en l'Amour.

SCENE II.

PHERES, LE CHOEVR, CLEANTE.

PHERES.

Voyons encor mon Fils, allons, hastons nos pas;
Ses yeux vont se couvrir d'éternelles tenebres.

LE CHOEUR.

Helas! helas! helas!

PHERES.

Quels cris! quelles plaintes funebres!

LE CHOEUR.

Helas! helas! helas!

PHERES.

Où vas-tu? Cleante, demeure.

CLEANTE.

Helas! helas!
Le Roy touche à sa derniere heure,
Il s'affoiblit, il faut qu'il meure,
Et je viens pleurer son trespas.
Helas! helas!

LE CHOEUR.

Helas! helas! helas!

PHERES.

On le plaint, tout le monde pleure,
Mais nos pleurs ne le sauvent pas.
Helas! helas!

LE CHOEUR.

Helas! helas! helas.

SCENE III.

LE CHOEUR, ADMETE, PHERES, CLEANTE.

LE CHOEUR.

O *Trop heureux Admete!*
Que vostre sort est beau!

PHERES ET CLEANTE.

Quel changement! quel bruit nouveau!

LE CHOEUR.

O trop heureux Admete!
Que vostre sort est beau!

PHERES & CLEANTE voyant Admete guery.

L'effort d'une Amitié parfaite
L'a sauvé du Tombeau.

PHERES embrassant Admete.

O trop heureux Admete!
Que vostre sort est beau!

LE CHOEUR.

O trop heureux Admete!
Que vostre sort est beau!

ADMETE.

Qu'une Pompe funebre
Rende à jamais celebre
Le genereux effort
Qui m'arrache à la Mort.

Alceste n'aura plus d'allarmes,
J reverray ses yeux charmants
A qui j'ay cousté tant de larmes:
Que la vie a de charmes
Pour les heureux Amants!

Achevez, Dieux des Arts, faites nous voir l'image
Qui doit eterniser la grandeur de courage
De qui s'est immolé pour moy;
Ne differez point davantage...
Ciel! ô Ciel! qu'est-ce que je voy!

L'Autel s'ouvre, & l'on voit sortir l'Image d'Alceste qui se perce le sein.

SCENE IV.

CEPHISE, ADMETE, PHERES, CLEANTE, LE CHOEUR.

CEPHISE.

Alceste est morte.

ADMETE.

Alceste est morte!

LE CHOEUR.

Alceste est morte.

CEPHISE.

Alceste a satisfai les Parques en couroux;
Vostre Tombeau s'ouvroit, elle y descend pour vous,
Elle-mesme a voulu vous en fermer la porte;
Alceste est morte.

ADMETE.

Alceste est morte!

LE CHOEUR.

Alceste est morte.

CEPHISE.

J'ay couru, mais trop tard pour arrester ses coups:
Jamais en faveur d'un Espoux
On ne verra d'ardeur si fidelle & si forte;
Alceste est morte.

ADMETE.

Alceste est morte!

LE CHOEUR.

Alceste est morte.

CEPHISE.

Sujets, Amis, Parents, vous abandonnoient tous;
Sur les Droits les plus forts, sur les Nœuds les plus doux,
L'Amour, le tendre Amour l'emporte:
Alceste est morte.

ADMETE.

Alceste est morte!

LE CHOEUR.

Alceste est morte.

Admete tombe accablé de douleur entre les bras de sa suite.

SCENE V.

Troupe de Femmes affligées, Troupe d'Hommes desolez, qui portent des fleurs, & tous les ornements qui ont servy à parer Alceste.

TOUS ENSEMBLE.

Formons les plus lugubres chants,
Et les regrets les plus touchants.

UNE FEMME AFFLIGE'E.

La Mort, la Mort barbare,
Détruit aujourd'huy mille appas.
Quelle Victime, helas!
Fut jamais si belle, & si rare?
La Mort, la Mort barbare
Détruit aujourd'huy mille appas.

UN HOMME DESOLE'.

Alceste si jeune, & si belle,
Court se precipiter dans la Nuit éternelle,
Pour sauver ce qu'elle aime elle a perdu le jour.

LE CHOEUR.

O trop parfait Modelle
D'une Espouse fidelle!
O trop parfait Modelle
D'un veritable Amour!

UNE FEMME AFFLIGE'E.

Que noſtre zéle ſe partage ;
Que les uns par leurs chants celebrent ſon courage,
Que d'autres par leurs cris déplorent ſes mal-heurs.

LE CHOEUR.

Rendons hommage
A ſon Image ;
Jettons des fleurs,
Verſons des pleurs.

UNE FEMME AFFLIGE'E.

Alceſte, la Charmante Alceſte,
La fidelle Alceſte n'eſt plus.

LE CHOEUR.

Alceſte, la Charmante Alceſte,
La fidelle Alceſte n'eſt plus.

UNE FEMME AFFLIGE'E.

Tant de beautez, tant de vertus,
Meritoient un ſort moins funeſte.

LE CHOEUR.

Alceſte, la Charmante Alceſte,
La fidelle Alceſte n'eſt plus.

Un tranſport de douleur ſaiſit les deux Troupes affligées, une partie déchire ſes habits, l'autre s'arrache les cheveux, & chacun briſe au pied de l'Image d'Alceſte les ornements qu'il porte à la main.

LE

LE CHOEUR.

Rompons, brisons le triste reste
De ces Ornemens superflus.

Que nos pleurs, que nos cris renouvellent sans cesse
Allons porter par tout la douleur qui nous presse.

SCENE VI.

ADMETE, PHERES, CEPHISE, CLEANTE, suite.

ADMETE revenu de son évanoüissement, & se voyant desarmé.

SAns Alceste, sans ses appas,
Croyez-vous que je puisse vivre!
Laissez moy courir au Trespas
Où ma chere Alceste se livre.
Sans Alceste sans ses appas,
Croyez-vous que je puisse vivre?
C'est pour moy qu'elle meurt, helas!
Pourquoy m'empescher de la suivre?
Sans Alceste, sans ses appas,
Croyez-vous que je puis vivre.

SCENE VII.

ALCIDE, ADMETE, PHERES, CEPHISE, CLEANTE.

ALCIDE.

TV me vois arresté sur le point de partir
Par les tristes clameur qu'on entend retentir.

ADMETE.

Alceste meurt pour moy par une amour extresme,
Ie ne reverray plus les yeux qui m'ont charmé:
Helas! j'ay perdu ce que j'aime
Pour avoir esté trop aimé.

ALCIDE.

I'aime Alceste, il est temps de ne m'en plus défendre?
Elle meurt, ton amour n'a plus rien à pretendre;
Admete, cede moy la Beauté que tu perds:
Au Palais de Pluton j'entreprends de descendre:
I'iray jusqu'au fonds des Enfers
Forcer la mort à me la rendre.

ADMETE.

Ie verrois encore ses beaux yeux?
Allez, Alcide, allez, revenez glorieux,
Obtenez qu'Alceste vous suive:
Le Fils du plus puissant des Dieux
Est plus digne que moy du bien dont on me prive.

Allez, allez, ne tardez pas,
Arrachez Alceste au Trespas,
Et ramenez au jour son Ombre fugitive;
Qu'elle vive pour vous avec tous ses appas,
Admete est trop heureux pourveu qu'Alceste vive.

PHERES, CEPHISE, CLEANTE.

Allez, allez, ne tardez pas,
Arrachez Alceste au Trespas.

SCENE VIII.

DIANE, MERCURE, ALCIDE, ADMETE, PHERES, CEPHISE, CLEANTE.

La Lune paroist, son Globe s'ouvre, & fait voir Diane sur un Nuage brillant.

DIANE.

Le Dieu dont tu tiens la naissance
Oblige tous les Dieux d'estre d'intelligence
En faveur d'un dessein si beau;
Ie viens t'offrir mon assistance;
Et Mercure s'avance
Pour t'ouvrir aux Enfers un passage nouveau.

Mercure vient en volant frapper la Terre de son Caducée, l'Enfer s'ouvre, & Alcide y descend.

Fin du troisiéme Acte.

ACTE QVATRIE'ME

Le Theatre represente le Fleuve Acheron & ses sombres Rivages.

SCENE PREMIERE.

CHARON, LES OMBRES.

CHARON ramant sa Barque.

IL faut passer tost ou tard,
Il faut passer dans ma Barque.
On y viend jeune, ou vieillard,
Ainsi qu'il plaist à la Parque?
On y reçoit sans égard,
Le Berger, & le Monarque.
Il faut passer tost ou tard,
Il faut passer dans ma Barque.
Vous qui voulez passer, venez, Manes errants;
Venez, avancez, tristes Ombres,
Payez le tribut que je prens,
Où retournez errer sur ces Rivages sombres.

LES OMBRES

Passe-moy, Charon, passe-moy.

CHARON.

Il faut auparavant que l'on me satisfasse,
On doit payer les soins d'un si penible employ.

LES OMBRES

Passe-moy, Charon, passe-moy,

Charon fait entrer dans sa Barque les Ombres qui ont dequoy le payer.

CHARON.

Donne, passe, donne, passe,
Demeure toy.
Tu n'as rien il faut qu'on te chasse.

UNE OMBRE rebuttée.

Une Ombre tient si peu de place.

CHARON.

Où paye, où tourne ailleurs tes pas.

L'OMBRE.

De grace, par pitié, ne me rebutte pas.

CHARON.

La pitié n'est point icy bas,
Et Charon ne fait point de grace.

L'OMBRE.

Helas! Charon, helas! helas!

CHARON.

Crie helas ! tant que tu voudras,
Rien pour rien , en tous lieux est une loy suivie :
Les mains vuides sont sans appas ;
Et ce n'est point assez de payer dans la vie.
Il faut encore payer au delà du Trépas.

L'OMBRE en se retirant.

Helas ! Charon, helas ! helás !

CHARON

Il m'importe peu que l'on crie
Helas ! Charon, helas ! helas !
Il faut encore payer au delà du Trépas.

SCENE II.

ALCIDE, CHARON LES OMBRES.

ALCIDE sautant dans la Barque.

SOrtez, Ombres, faites moy place,
Vous passerez une autre fois.

Les Ombres s'enfuient.

CHARON.

Ah ma Barque ne peut souffrir un si grand poids !

ALCIDE.

Allons, il faut que l'on me passe.

CHARON.

Retire-toy d'icy, Mortel, qui que tu sois,
Les Enfers irritez puniront ton audace.

ALCIDE.

Passe-moy, sans tant de façons.

CHARON.

L'eau nous gagne, ma Barque créve.

ALCIDE.

Allons rame, dépesche, achéve.

CHARON.

Nous enfonçons

ALCIDE.

Passons, passons.

SCENE III.

Le Theatre change & represente le Palais de Pluton.

PLUTON, PROSERPINE, L'OMBRE D'ALCESTE, Suivans de Pluton.

PLUTON sur son Thrône.

REçoy le juste prix de ton amour fidelle;
Que ton destin nouueau soit heureux à jamais:

Commence de goûter la douceur eternelle
D'une profonde paix.

SUIVANTS DE PLUTON.

Commence de goûter la douceur eternelle
D'une profonde paix.

PROSERPINE à costé de PLUTON.

L'espouse de Pluton te retient auprés d'elle:
Tous tes vœux seront satisfaits.

SUIVANTS DE PLUTON.

Commence de goûter la douceur eternelle
D'une profonde paix.

PLUTON ET PROSERPINE.

En faveur d'une Ombre si belle,
Que l'Enfer fasse voir tout ce qu'il a d'attraits.

SUIVANTS DE PLUTON.

En faveur d'une Ombre si belle
Que l'Enfer fasse voir tout ce qu'il a d'attraits.

Les Suivants de Pluton se réjoüissent de la venuë d'Alceste dans les Enfers, par une espece de Feste.

SUIVANTS DE PLUTON.

Tout mortel doit icy paroistre,
On ne peut naistre
Que pour mourir:
De cent maux le Trespas délivre;

Qui

Qui cherche à vivre
Cherche à souffrir.
Venez tous sur nos sombres bords,
Le repos qu'on desire
Ne tient son Empire
Que dans le sejour des Morts.

Chacun vient icy bas prendre place,
Sans cesse on y passe,
Jamais on n'en sort.
C'est pour tous une loy necessaire;
L'effort qu'on peut faire
N'est qu'un vain effort:
Est-on sage
De fuir ce passage?
C'est un orage
Qui meine au Port.
Chacun vient icy bas prendre place,
Sans cesse on y passe,
Jamais on n'en sort,
Tous les charmes,
Plaintes, cris, larmes,
Tout est sans armes
Contre la Mort.
Chacun vient icy bas prendre place,
Sans cesse on y passe,
Jamais on n'en sort.

SCENE IV.

ALECTON, PLUTON, PROSERPINE, L'OMBRE D'ALCESTE, SUIVANTS DE PLUTON.

ALECTON.

Quittez, quittez les Jeux, songez à vous deffendre,
Contre un Audacieux unissons nos efforts:
Le Fils de Jupiter vient icy de descendre
Seul, il ose attaquer tout l'Empire des Morts.

PLUTON.

Qu'on arreste, ce Temeraire,
Armez vous, Amis, armez-vous,
Qu'on deschaîne, Cerbere,
Courez tous, courez tous.

On entend aboyer Cerbere.

ALECTON.

Son bras abat tout ce qu'il frappe,
Tout cede à ses horribles coups,
Rien ne resiste, rien n'eschape.

I

SCENE V.

ALCIDE, PLUTON, PROSERPINE, ALECTON, Suivants de Pluton.

PLUTON, voyant Alcide qui enchaîne Cerbere.

INsolent jusqu'icy braves-tu mon couroux?
Quelle injuste audace t'engage
A troubler la paix de ces lieux?

ALCIDE.

Je suis né pour dompter la rage
Des Monstres les plus furieux.

PLUTON.

Est-ce le Dieu jaloux qui lance le Tonnerre
Qui t'oblige à porter la guerre
Jusqu'au centre de l'Univers?
Il tient sous son pouvoir & le Ciel & la Terre,
Veut-il encor ravir l'Empire des Enfers?

ALCIDE.

Non, Pluton, regne en paix, joüis de ton partage;
Je viens chercher Alceste en cét affreux Séjour,
Permets que je la rende au jour,
Je ne veux point d'autre avantage.
Si c'est te faire outrage
D'entrer par force dans ta Cour,

Pardonne à mon Courage
Et fais grace à l'Amour.

PROSERPINE.

Un grand Cœur peut tout quand il aime,
Tout doit ceder à ſon effort.
C'eſt un Arreſt du Sort,
Il faut que l'Amour extréme
Soit plus fort
Que la Mort.

PLUTON.

Les Enfers, Pluton luy-meſme,
Tout doit en eſtre d'accord;
Il faut que l'Amour extreſme
Soit plus fort
Que la Mort.

SUIVANS DE PLUTON.

Il faut que l'Amour extréme
Soit plus fort
Que la Mort.

PLUTON.

Que pour revoir le jour l'Ombre d'Alceſte ſorte;

Pluton donne un coup de ſon Trident & fait ſortir ſon Char.

Prenez place tous deux au Char dont je me ſers:
Qu'au gré de vos vœux, il vous porte;

Partez, les chemins ſont ouverts.
Qu'une volante Eſcorte
Vous conduiſe au travers
Des noirs vapeurs des Enfers.

Alcide & l'Ombre d'Alceſte ſe placent ſur le Char de Pluton, qui les enleve ſous la conduite d'une Troupe volante de Suivants de Pluton.

Fin du quatriéme Acte.

ACTE V.

Le Theatre change, & represente un Arc de Triomphe au milieu de deux Amphiteatres, où l'on void une multitude de differents Peuples de la Grece assemblez pour recevoir Alcide triomphant des Enfers.

SCENE PREMIERE.

ADMETE, LE CHOEUR.

ADMETE.

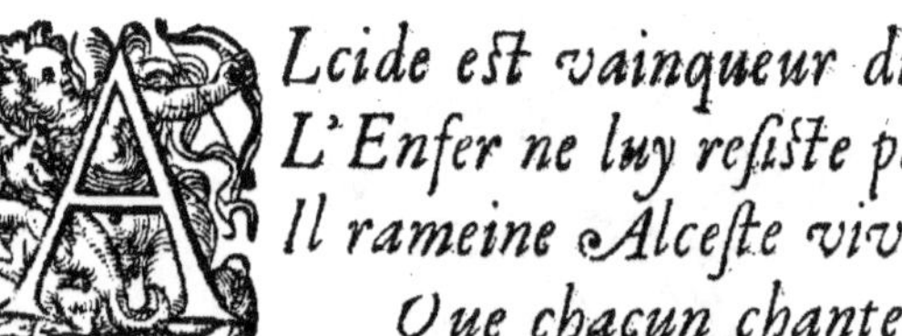

Lcide est vainqueur du Trépas,
L'Enfer ne luy resiste pas.
Il rameine Alceste vivante;
Que chacun chante,
Alcide est vainqueur du Trépas,
L'Enfer ne luy resiste pas.

LE CHOEUR sur l'Arc de Triomphe & sur les Amphiteatres.

Alcide est vainqueur du Trepas.
L'Enfer ne luy resiste pas.

ADMETE.

Quelle douleur ſecrete
Rend mon ame inquiete,
Et trouble mon amour.
Alceſte voit encor le jour,
Mais c'eſt pour un autre qu'Admete.

LE CHOEUR.

Alcide eſt vainqueur du Trépas,
L'Enfer ne luy reſiſte pas.

ADMETE.

Ah! du moins cachons ma triſteſſe;
Alceſte dans ces Lieux rameine les plaiſirs.
Ie dois rougir de ma foibleſſe,
Quelle honte à mon cœur de meſler des ſoûpirs
Avec tant de cris d'allegreſſe.

LE CHOEUR.

Alcide eſt vainqueur du Trépas,
L'Enfer ne luy reſiſte pas.

ADMETE.

Par une ardeur impatiente
Courons, & devançons ſes pas.
Il rameine Alceſte vivante,
Que chacun chante.

ADMETE, & LE CHOEUR.

Alcide eſt vainqueur du Trépas,
L'Enfer ne luy reſiſte pas.

SCENE II.

LYCHAS, STRATON enchaîné.

STRATON.

NE m'osteras tu point la chaîne qui m'accable,
Dans ce jour destiné pour tant d'aimables jeux!
Ah! qu'il est rigoureux
D'estre seul miserable
Quand on voit tout le monde heureux!

LYCHAS mettant Straton en liberté.

Aujourd'huy qu'Alcide rameine
Alceste des Enfers,
Je veux finir ta peine.
Qu'on ne porte plus d'autres fers
Que ceux dont l'Amour nous enchaîne.

STRATON, & LYCHAS.

Qu'on ne porte plus d'autres fers
Que ceux dont l'Amour nous enchaîne.

SCENE III.

CEPHISE, LYCHAS, STRATON.

LYCHAS, & STRATON.

VOy, Cephise, voy qui de nous
Peut rendre ton destin plus doux,

Et termine enfin nos querelles.

LYCHAS.

Mes amours feront éternelles.

STRATON.

Mon cœur ne fera plus jaloux.

LICHAS, & STRATON.

Entre deux Amants fidelles,
Choisis un heureux Espoux.

CEPHISE.

Ie n'ay point de choix à faire;
Parlons d'aimer & de plaire,
Et vivons toûjours en paix.
L'Hymen détruit la tendresse
Il rend l'Amour sans attraits;
Voulez-vous aimer sans cesse,
Amants, n'espousez jamais.

CEPHISE, LYCHAS, & STRATON.

L'Hymen détruit la tendresse,
Il rend l'Amour sans attraits;
Voulez-vous aimer sans cesse,
Amants n'espousez jamais.

CEPHISE.

Prenons part aux transports d'une joye éclatante:
Que chacun chante.

TOUS ENSEMBLE.

Alcide est vainqueur du Trépas
L'Enfer ne luy resiste pas.
Il rameine Alceste vivante,
Que chacun chante
Alcide est vainqueur du Trépas
L'Enfer ne luy resiste pas.

SCENE IV.

ALCIDE, ALCESTE, ADMETE, CEPHISE, LYCHAS, STRATON, PHERES, CLEANTE, LE CHOEUR.

ALCIDE.

POur une si belle victoire
Peut-on avoir trop entrepris?
Ah qu'il est doux de courir à la gloire
Lors que l'Amour en doit donner le prix!
Vous détournez vos yeux! je vous trouve insensible?
Admete a seul icy vos regards les plus doux?

ALCESTE.

Ie fais ce qui m'est possible
Pour ne regarder que vous.

ALCIDE.

Vous devez suivre mon envie,
C'est pour moy qu'on vous rend le jour.

ALCESTE,

Ie n'ay pû reprendre la vie
Sans reprendre aussi mon amour.

ALCIDE.

Admete en ma faveur vous a cedé luy-mesme.

ADMETE.

Alcide pouvoit seul vous oster au Trépas.
Alceste, vous vivez, je revoy vos appas,
Ay-je pû trop payer cette douceur extréme.

ADMETE & ALCESTE.

Ah que ne fait-on pas
Pour sauver ce qu'on aime!

ALCIDE.

Vous soûpirez tous deux au gré de vos desirs;
Est-ce ainsi qu'on me tient parole?

ADMETE & ALCESTE ensemble

Pardonnez aux derniers soupirs
D'un mal-heureux Amour qu'il faut qu'on vous immole.
Alceste. / Admete } *il ne faut plus nous voir.*
D'un autre que { *de moy vostre sort / de vous mon destin* } *doit dépendre,*
Il faut dans les grands Cœurs que l'Amour le plus tendre
Soit la Victime du devoir.

Alceste
Admete } *il ne faut plus nous voir.*

Admete se retire, & Alceste offre sa main à Alcide qui arreste Admete, & luy cede la main qu'Alceste luy presente.

ALCIDE.

Non, non, vous ne devez pas croire
Qu'un Vainqueur des Tyrans soit Tyran à son tour:
Sur l'Enfer, sur la Mort, j'emporte la victoire;
Il ne manque plus à ma gloire
Que de triompher de l'Amour.

ADMETE & ALCIDE.

Ah quelle gloire extresme!
Quel heroïque effort!
Le vainqueur de la Mort
Triomphe de luy-mesme.

SCENE V.

APOLLON, LES MUSES, LES JEUX, ALCIDE, ADMETE, ALCESTE, & leur Suite.

Apollon descend dans un Palais éclatant au milieu des Muses & des Jeux qu'il ameine pour prendre part à la joye d'Admete & d'Alceste, & pour celebrer le Triomphe d'Alcide.

APOLLON.

LES Muses & les Jeux s'empressent de descendre,
Apollon les conduit dans ces aimables lieux.
Vous, à qui j'ay pris soin d'aprendre
A chanter vos amours sur le ton le plus tendre,
Bergers, chantez avec les Dieux.
Chantons, chantons, faisons entendre
Nos chansons jusques dans les Cieux.

SCENE SIXIE'ME ET DERNIERE.

Une Troupe de Bergers & de Bergeres, & une Troupe de Pastres, dont les uns chantent & les autres dancent, viennent par l'ordre d'Apollon contribuer à la rejoüissance.

LES CHOEURS DES MUSES DES THESSALLIENS & des Bergers chantent ensemble.

CHantons, chantons, faisons entendre
Nos chansons jusques dans les Cieux.

Straton chante au milieu des Pastres dançants.

A Quoy bon
Tant de raison
Dans le bel âge?
A quoy bon
Tant de raison
Hors de saison?

Qui craint le danger
De s'engager
Est sans courage :
Tout rit aux amants
Les Ieux charmants
Sont leur partage :
Tost, tost, tost soyons contents,
Il vient un temps
Qu'on est trop sage.

Céphise chante au milieu des Bergers & des Bergeres qui dancent.

C'Est la saison d'aimer
Quand on sçait plaire,
C'est la saison d'aimer
Quand on sçait charmer.
Les plus beaux de nos jours ne dure guere,
Le sort de la Beauté nous doit allarmer,
Nos champs n'ont point de Fleur plus passagere ;
C'est la saison d'aimer
Quand on sçait plaire,
C'est la saison d'aimer
Quand on sçait charmer.
Un peu d'amour est necessaire,
Il n'est Jamais trop tost de s'enflamer ?
Nous donne-t'on un cœur pour n'en rien faire ?
C'est la saison d'aimer
Quand on sçait plaire,

C'est la saison d'aimer
Quand on sçait charmer.

La Troupe des Bergers dance avec la Troupe des Pastres. Les Chœurs se respondent les uns aux autres, & s'unissent enfin tous ensemble.

LES CHOEURS.

TRiomphez, genereux Alcide,
Aimez en paix heureux Espoux.
Que { toûjours la Gloire / sans cesse l'Amour } vous guide.
Ioüissez à jamais des { honneurs / plaisirs } les plus doux.
Triomphez, genereux Alcide,
Aimez en paix, heureux Espoux.

Apollon vole avec les Jeux.

Fin du cinquième & dernier Acte.

PERMISSION

POUR TENIR ACADEMIE ROYALE de Musique, en faveur du sieur Lully.

LOUIS par la Grace de Dieu Roy de France & de Navarre; A tous presens & à venir, SALUT. Les Sciences & les Arts estans les Ornemens les plus considerables des Estats, Nous n'avons point eû de plus agreables Divertissemens, depuis que Nous avons donné la Paix à nos Peuples, que de les faire revivre, en appellant prés de Nous tous ceux qui se sont acquis la reputation d'y exceller, non seulement dans l'étenduë de nostre Royaume; mais aussi dans les Païs Estrangers; & pour les obliger d'avantage de s'y perfectionner, Nous les avons honorez des marques de nostre estime & de nostre bien-veillance: Et comme entre les Arts-Liberaux la Musique y tient un des premiers rangs, Nous aurions dans le dessein de la faire réüssir avec tous ces avantages, par nos Lettres Patentes du 28. Juin 1669. accordé au Sieur Perrin une Permission d'établir à nostre bonne Ville de Paris, & autres de nostre Royaume, des Academies de Musique pour chanter en public des Pieces de Theatre, comme il se pratique en Italie, en Allemagne, & en Angleterre, pendant l'espace de douze années: Mais ayant esté depuis informez, que les peines & les soins que ledit Sieur Perrin a pris pour cét établissement n'ont pû seconder pleinement nostre intention, & élever la Musique au point que Nous nous l'estions promis, Nous avons crû pour y mieux réüssir, qu'il estoit à propos d'en donner la conduite à une personne dont l'experience & la capacité nous fussent connuës, & qui eût assez de suffisance pour fournir des esleves, tant pour bien chanter & actionner sur le Theatre, qu'à dresser des bandes de Violons, Flûtes, & autres Instrumens. A CES CAUSES, bien informez de l'intelligence

telligence & grande connoiſſance que s'eſt acquis noſtre cher & bien amé Jean Baptiſte Lully au fait de la Muſique, dont il Nous a donné & donne journellement de tres-agreables preuves depuis pluſieurs années qu'il s'eſt attaché à noſtre ſervice, qui nous ont convié de l'honorer de la Charge de Sur-Intendant & Compoſiteur de la Muſique de noſtre Chambre; Nous avons audit Sieur Lully permis & accordé, permettons & accordons par ces preſentes ſignées de noſtre main, d'établir une Academie Royale de Muſique dans noſtre bonne Ville de Paris, qui ſera compoſée de tel nombre & qualité de perſonnes qu'il aviſera bon eſtre, que Nous choiſirons & arreſterons ſur le rapport qu'il Nous en fera, pour faire des Repreſentations devant Nous quand il nous plaira, des pieces de Muſique qui ſeront compoſées, tant en Vers François, qu'autres Langues étrangeres, pareilles & ſemblables aux Academies d'Italie; Pour en joüir ſa vie durant, & aprés luy celuy de ſes enfans qui ſera pourveu & receu en ſurvivance de ladite Charge de Sur-Intendant de la Muſique de noſtre Chambre, avec pouvoir d'aſſocier avec luy qui bon luy ſemblera, pour l'établiſſement de ladite Academie, & pour le dédommager des grands frais qu'il conviendra faire pour leſdites Repreſentations, tant à cauſe des Theatres, Machines, Decorations, Habits, qu'autres choſes neceſſaires. Nous luy permettons de donner au public toutes les Pieces qu'il aura compoſées, meſme celles qui auront eſté repreſentées devant Nous, ſans neantmoins qu'il puiſſe ſe ſervir pour l'execution deſdites Pieces des Muſiciens qui ſont à nos gages: Comme auſſi de prendre telles ſommes qu'il jugera à propos, & d'établir des Gardes & autres gens neceſſaires aux portes des lieux où ſe feront leſdites Repreſentations: Faiſant tres-expreſſes inhibitions & défenſes à toutes perſonnes de quelque qualité & condition qu'elles ſoient, meſme aux Officiers de noſtre Maiſon d'y entrer ſans payer. Comme auſſi de faire chanter aucune Piece entiere en Muſique, ſoit en Vers François, ou autres Langues, ſans la permiſſion par écrit dudit Sieur Lully, à peine de dix mil livres d'amande, & de confiſcation des Theatres, Machines, Decorations, Habits, & autres choſes, applicable un tiers à Nous, un tiers à l'Hoſpital General, & l'autre tiers audit Sieur Lully; Lequel pourra auſſi établir des Eſcoles particulieres de Muſique en noſtre bonne Ville de Paris, & par tout où il jugera neceſſaire, pour le bien & l'avantage de ladite Academie Royale: Et d'autant que Nous érigeons sur le pied de celles des Academies d'Italie, où les Gentils-hommes chantent publiquement en Musique sans déroger. VOULONS & Nous plaist, que tous Gentils-hommes & Damoiselles puissent chanter ausdites Pieces & Representations de nostredite Academie Royale, sans que pour ce ils soient censez déroger audit Titre de Noblesse & à leurs Priviléges, Charges, Droits & Immunitez: Revoquons, cassons & annullons par cesdites Presentes, toutes Permissions & Privileges que Nous pourrions avoir cy-devant donnez & accordez, mesme celuy dudit Perrin, pour raison desdites Pieces de Theatre en Musique, sous quelques noms, qualitez, conditions & pretextes que ce puisse estre. SI DONNONS EN MANDEMENT, à nos amez & feaux Conseillers, les Gens tenans nostre Cour de Parlement à Paris, & autres nos Justiciers & Officiers qu'il appartiendra; Que ces Presentes ils ayent à faire lire, publier & enregistrer, & du contenu en icelles, faire joüir & user ledit Exposant plainement & paisiblement, cessant & faisant cesser tous troubles & empeschemens au contraire: CAR tel est nostre plaisir; Et afin que ce soit chose ferme & stable à toûjours, Nous avons fait mettre nostre Scel à cesdites Presentes. DONNE' à Versailles au mois de Mars, l'an de grace mil six cent soixante-douze, & de nostre Regne le vingt-neufiéme. Signé, LOUIS. Et à costé, *Visa*, LOUIS. Et plus bas: Par le Roy, COLBERT. Et encore est écrit.

R*Egistrées, oüy le Procureur General du Roy, pour estre executées, & joüir par l'Impetrant de l'effet & contenu en icelles selon leur forme & teneur, suivant l'Arrest de ce jour. A Paris en Parlement le vingt-septiéme Iuin mil six cent soixante-douze. Signé, ROBERT.*

PRIVILEGE DU ROY.

LOUIS par la grace de Dieu, Roy de France & de Navarre: A nos amez & feaux Conseillers les Gens tenans nos Cours de Parlement, Maistres des Requestes ordinaires de nostre Hostel,

& du Palais, Baillifs, Seneschaux, & leurs Prevosts, & leurs Lieutenans, & tous autres nos Justiciers & Officiers qu'il appartiendra, SALUT. Nostre bien amé Jean Baptiste Lully, Sur-Intendant de la Musique de nostre Chambre, Nous a fait remontrer que les Airs de Musique qu'il a cy-devant composez, ceux qu'il compose journellement par nos ordres, & ceux qu'il sera obligé de composer à l'avenir pour les Pieces qui seront representées par l'Academie Royale de Musique, laquelle Nous luy avons permis d'établir en nostre bonne Ville de Paris, & autres lieux de nostre Royaume où bon luy semblera, estant purement de son invention, & de telle qualité que le moindre changement ou obmission leur fait perdre leur grace naturelle ; de sorte que comme son esprit seul les produit pour les appliquer aux sujets qu'il y trouve proportionnez, nul autre ne peut si bien que luy rendre lesdits Ouvrages publics dans leur perfection & avec l'exactitude qui leur est deuë. Et d'ailleurs il est juste que si leur impression doit apporter quelque avantage, il revienne plûtost à l'Autheur pour le recompenser de son travail, & de partie des frais qu'il avance pour l'execution des Desseins qu'il doit faire representer par ladite Academie, qu'à de simples Copistes qui les imprimeroient sous pretexte de Permissions generales ou particulieres qu'ils peuvent avoir obtenuës par surprises ou autrement ; ce qui l'oblige d'avoir recours à nos Lettres sur ce necessaires A CES CAUSES, voulans favorablement traitter l'Exposant, Nous luy avons permis & accordé, permettons & accordons par ces Presentes ; de faire imprimer par tel Libraire ou Imprimeur, en tel volume, marge, caractere, & autant de fois qu'il voudra, avec Planches & Figures, tous & chacuns les Airs de Musique qui seront par luy faits ; comme aussi les Vers, Paroles, Sujets, Desseins & Ouvrages sur lesquels lesdits Airs de Musique auront esté composez, sans en rien excepter, & ce pendant le temps de trente années consecutives, à commencer du jour que chacun desdits Ouvrages seront achevez d'imprimer, iceux vendre & débiter dans tout nostre Royaume, par luy ou par autre ainsi que bon luy semblera, sans qu'aucun trouble ny empéchement quelconque luy puisse estre apporté, mesme par ceux qui pretendent avoir de Nous Privilege pour l'impression des Airs de Musique & Ballets, lesquels pour ce regard en tant que besoin est ou seroit, Nous avons revoqué & revoquons par cesdites Presentes, faisant tres-expresses inhibitions & défenses à tous Libraires, Imprimeurs, Colporteurs, & autres personnes de quelque qualité qu'elles soient, d'imprimer, faire imprimer, vendre & distribüer lesdites Pieces de Musique, Vers, Paroles, Desseins, Sujets, & generalement tout ce qui a esté & sera composé par ledit Lully, sous quelque pretexte que ce soit, mesme d'impression étrangere & autrement, sans son consentement ou de ses ayans cause, sur peine de confiscation des Exemplaires contrefaits, dix mil livres d'amende tant contre ceux qui les auront imprimez & vendus, que contre ceux qui s'en trouveront saisis, & de tous dépens, dommages & interests; à la charge d'en mettre deux Exemplaires en nostre Bibliotheque publique, un en nostre Cabinet des Livres de nostre Chasteau du Louvre, & un en celle de nostre tres-cher & feal Chevalier Garde des Sceaux de France le Sieur Daligre, à peine de nullité des Presentes. Du contenu desquelles, vous mandons & enjoignons faire joüir l'Exposant & ses ayans cause pleinement & paisiblement, cessant & faisant cesser tous troubles & empeschemens au contraire; Voulons qu'en mettant au commencement ou à la fin desdits Livres l'Extrait des Presentes, elles soient tenuës deuëment signifiées, & qu'aux copies collationnées par l'un de nos amez & feaux Secretaires, foit soit ajoûtée comme à l'Original. Mandons au premier nostre Huissier ou Sergent, faire pour l'execution des Presentes, toutes significations, défenses, saisies, & autres actes requis & necessaires, sans pour ce demander autre permission, nonobstant oppositions ou appellations quelconques, dont (si aucunes interviennent) Nous nous en reservons & à nostre Conseil la connoissance, & icelle interdisons & deffendons à tous autres Juges: CAR tel est nostre plaisir. DONNE' à Versailles le vingtiéme jour de Septembre, l'an de grace mil six cent soixante-douze, & de nostre Regne le trentiéme. Signé, LOUIS. Et plus bas, Par le Roy, COLBERT. Et scellé du grand Sceau de cire jaune.

www.ingramcontent.com/pod-product-compliance
Lightning Source LLC
LaVergne TN
LVHW020418230826
846091LV00004B/1311

* 9 7 8 2 3 2 9 4 6 0 1 9 2 *